Sandor G. Lück

Coronoia

Gertrud in Corona-Panik:

ein

erschütterndes Dokument

panischer Angst

und

kognitiven Niedergangs

EDITION ALLTAGSWAHNSINN

© 2022 by Sandor G. Lück

Herstellung und Verlag: BoD – Books on Demand, Norderstedt

Bibliographische Information der Deutschen Nationalbibliothek
Die Deutsche Nationalbibliothek verzeichnet diese Publikation in der Deutschen
Nationalbibliographie; detaillierte bibliographische Daten sind im Internet über
http://dnb.d-nb.de abrufbar.

ISBN 978-3-7557-8346-6

Gertrud ist eine jener Bekanntschaften, die man sich weniger aussucht, als daß sie einem zufallen. Wir kennen uns seit vielen Jahren, etliche Male rief sie mich an. Diese Gespräche waren kurzweilig, oft aber auch anstrengend, vor allem, weil Gertrud zwar eine lange Leitung hat, dafür aber eine kurze Zündschnur. Setzt man zu irgendeinem Gedanken an, schnappt sie einen ab, springt zum nächsten Gedanken und redet so viel, daß man selbst nur noch zum Stichwortgeben kommt. Sie ist damit auf etwas tragische Weise in der Matrix ihrer Innenwelt gefangen. Gibt man ihr den Hinweis, man komme gut durch die Zeit, weil man über Resilienz verfüge, dann kapert sie den Begriff und schreibt ihn sich selbst zu, wobei unklar bleibt, ob sie überhaupt bemerkt hat, daß sie davon himmelweit entfernt ist. Aber vielleicht macht sie es auch gerade deshalb. In Zeiten der Corona-Pandemie sind Menschen wie sie mit eher geringem Grad innerer Organisation besonders herausgefordert. Wie viele andere Geimpfte ist sie hochgradig verängstigt, dabei aber einer auf Fakten basierenden sachlichen Argumentation zunehmend unzugänglich. Die öffentliche Diskussion zu diesem Thema ist inzwischen völlig verkommen: Die einen haben sich buchstäblich mit Leib und Leben dem Regierungskurs ausgeliefert. Sie sind froh über ein Koordinatensystem, das sie als wahr und verläßlich empfinden, und sie vertrauen denen, die beim Versuch, diese Krise zu bewältigen, entschlossen voranschreiten. Wer gegen diesen Kurs ist, wird von ihnen vehement angegriffen. Die anderen verbeißen sich im Skeptizismus und machen jeden noch so fadenscheinigen Widerspruch zum Grundprinzip ihres Denkens, denn aus ihrer Sicht stimmt nichts von dem, was die Regierungen und ihre Meinungsführer behaupten. Wer die Dinge anders sieht, wird von ihnen verachtet und verspottet. Keine der beiden Gruppen ist Teil der Lösung, vielmehr sind beide Teil des Problems, das in erster Linie in der Entsolidarisierung der Gesellschaft liegt. Vor dem Zerbrechen des gesellschaftlichen Zusammenhalts sollte uns ein Grundkonsens schützen, ein gemeinsames Band, das die Gesellschaft davor bewahrt, bei allen immer wieder auftretenden, unvermeidlichen Unterschieden in den Überzeugungen auf die Stufe von Chaos und Bürgerkrieg abzusinken.

Dieser Grundkonsens wurde in die Rechtsnormen der Grundrechte gegossen, deren Sinn und Wert sich gerade in Krisenzeiten wie der jetzigen zu bewähren hätte. Sie konkretisieren die eher abstrakte Vorstellung von der grundsätzlichen Achtung gegenüber dem Mitmenschen, nicht obwohl, sondern gerade weil er anders denkt, lebt und handelt als man selbst. Dieser andere Mensch verhält sich oft so, daß es unser Mißfallen erweckt, aber er hat ebenso das Recht dazu, das zu tun, wie wir das Recht haben, nicht so zu handeln wie er. Das wichtigste Grundprinzip dieser Rechte besteht in der alleinigen Verfügungsmacht des Menschen über seinen Körper und in der Freiheit. Aber genau das wird derzeit zur Verhandlungssache erklärt.

Diese kleine Vorbemerkung ist notwendig, um Gertruds Ausführungen zu verstehen. Denn in dem hier dokumentierten Austausch geht es weniger um das Ansinnen, die eigene Meinung weiterzuverbreiten, als um den Abbau genau jener Toleranz gegenüber der Meinungsfreiheit anderer Menschen, der sich im Zuge der Corona-Krise immer deutlicher zeigt. Wir haben hier also nicht den Streit „Impfbefürworter gegen Impfgegner", sondern „Intoleranz gegen Toleranz".

Es ist auch wichtig zu wissen, daß ich Gertrud sowieso nie besuchen würde, egal ob Pandemie oder nicht. Wenn ich sie allerdings besuchen würde, dann würde ich möglicherweise auch die Impfentscheidung anders treffen: Es wäre ja für mich gefährlicher, von ihr angesteckt zu werden, als umgekehrt für sie. Deshalb sind die von Gertrud geäußerten panischen Ängste gegenstandslos. Solche Reisepläne sind aber völlig hypothetisch. Viel wichtiger ist doch, wie die Krise das Denken verändert. Denn der hier vorliegende Austausch ist ein Dokument des von panischer Angst angetriebenen kognitiven Niedergangs. Gertrud wollte mich zum Beispiel von der unumstößlichen Wahrheit überzeugen, daß Geimpfte das Virus zwar weitergeben könnten, diese Ansteckungen dann jedoch beim Angesteckten zu einem milderen Krankheitsverlauf führen würden. Viel dümmer geht es doch gar nicht mehr.

Statt sich in der geschützten Umgebung der wahrscheinlich virenfreien eigenen vier Wände ganz in Ruhe mit der Situation zu befassen, die verschiedenen Informationen und Argumente abzuwägen und dabei zu einem guten eigenen Kurs zu kommen, bei dem auch ein ansteckungsfreies Telephonat mit jemandem möglich ist, dessen persönliche Ansichten man ja dann ebenfalls als Ergebnis gründlicher und besonnener Abwägung ansehen und als Impuls wertschätzen könnte, zeigt Gertrud, daß sie Meinungen generell überhaupt keinen Wert beimißt. Vielleicht hängt das mit Zweifeln am Gehalt ihrer eigenen Ansichten zusammen, weil sie ja zumindest ahnen könnte, wie diese in ihrem inneren Gewölk aus Emotionen, Ängsten, Vorbehalten, Kurz- und Fehlschlüssen entstehen.

In diesem Hirn geht alles durcheinander: Emotionen, Aufgeschnapptes, politische Grundüberzeugungen, Dinge aus dem Bekanntenkreis. Dann weht plötzlich eine warme Brise aus lange vergangener Zeit herüber, Italien, weicher Sand, man lernt schwimmen. Es tönt sanft wie eine Oboe in einer Mahler-Symphonie, dann wird es bald wieder dissonant. Wenn ein Hirn arbeitet wie ein Fleischwolf, dann kommt immer nur Brei heraus. Für mich ist es völlig in Ordnung, wenn Gertrud in ihrer persönlichen Risikobewertung zu dem Ergebnis kommt, daß die Impfungen für sie gut und richtig sind. Ich würde ihr das nicht ausreden wollen, ich hätte überhaupt kein Recht dazu, und es liegt auch nicht in meinem Interesse. Trotzdem kann ich aber der Ansicht sein, daß Gertruds Überzeugung nicht das Ergebnis logischer Überlegungen, sondern eine rein von Angst geleitete diffuse Impulsentscheidung ist. Und schon deshalb steht es ihr nicht zu, Menschen persönlich und in Rundschreiben anzugreifen, wenn auch ohne Namensnennung, nur weil sie eine andere Meinung haben als sie selbst. Eine Meinung für sich selbst zu beanspruchen, setzt voraus, daß man anderen das gleiche Recht zugesteht, unter anderem

6

aus dem Grund, daß diese anderen Meinungen vielleicht sorgfältiger und differenzierter entwickelt worden sind. Man weiß ja nie. Es gibt viele Argumente, die für eine Impfung sprechen, aber es gibt auch außerhalb des für indiskutabel erklärten Bereichs des „Leugnens" und „Schwurbelns" eine ganze Reihe stichhaltiger Gründe für gesunde Skepsis.

Erstens: Wieso sind gerade die Geimpften so erpicht darauf, daß sich auch die Ungeimpften impfen lassen? Nach der offiziellen Logik sind doch Geimpfte angeblich geschützt! Ungeimpfte werden als „Gefährder" stigmatisiert, obwohl sie viel mehr Tests machen. Jetzt werden alle zur Impfung genötigt, um die Geimpften zu schützen, weil deren Schutz sonst nicht ausreicht. Spricht das für die Wirksamkeit dieser Stoffe? Eher nicht. Zweitens: Das Ziel der Impfkampagne war ausdrücklich, die Kurve des Infektionsgeschehens abzuflachen, damit es zu keiner Überlastung der Gesundheitsversorgung kommt. Das Gegenteil war der Fall: Mit zunehmender Impfquote wurde jede Welle steiler und höher. Die vierte Welle hat alle vorangegangenen weit übertroffen, trotz des hohen Anteils mehrfach Geimpfter an der Bevölkerung. Drittens: Die zunächst zugelassenen Impfstoffe beruhen auf Gentechnik, man mag das gut oder schlecht finden. Aber es ist nach vier Jahrzehnten Anti-Gentechnik-Propaganda, in denen man es verteufelt hat, wenn eine Kuh Genmais frißt und man dann ihre Milch trinkt, nicht zu erwarten, daß man sich einfach so mit einem völlig neuartigen medizinischen Verfahren behandeln läßt, das nachweislich und in relevanter Menge zu

Komplikationen geführt hat. Viertens: Wo ist die herkömmliche Wintergrippe geblieben? Wurden die damit Infizierten umetikettiert oder schützt das Maskentragen so gut davor, daß sie nun nicht mehr vorkommt? Wenn das so ist, wieso steigen dann die Corona-Nachweise? Und fünftens: Wo bleiben die Medikamente? Wieso wird die konventionelle Behandlung von Corona-Infektionen unterbunden, obwohl sie in anderen Ländern mit Erfolg angewendet wird? Steht das womöglich im Zusammenhang damit, daß die Zulassung der Gen-Impfstoffe daran geknüpft ist, daß es keine Medikamente gibt?

Solche Fragen machen niemanden automatisch zum Impfgegner, aber weil sie nicht geklärt sind, eröffnet sich in bestimmten Kreisen Raum für eigene Erklärungsversuche. Es ist nachvollziehbar, wenn sich Leute ihren eigenen Reim darauf machen, auch wenn sie damit zu den falschen Schlüssen kommen. Wir können diese Krise nur überwinden, wenn wir die Debatte nicht länger im Bereich der Ideologien führen, sondern auf der Basis sachlicher Argumente und logischer Schlüsse. Aber wie himmelweit wir davon entfernt sind, zeigt nicht zuletzt dieses Heft.

Zum Schluß sei noch erwähnt, daß Gertrud eine Phantasiefigur ist, Ähnlichkeiten mit irgendwelchen Personen sind ebenso frei gefunden wie frei zu erfinden, Namen wurden geändert. Rechnen Sie damit, daß sie existiert, aber suchen Sie sie nicht.

Lieber Sandor,

ich danke Dir für unser Telefonat von heute Abend. Das tat gut ... <u>nach so langer Zeit.</u>
Ich bin zu einem leidenschaftlichen Impf-befürworter geworden. Am Anfang, als es noch keine Impfung gab, war ich tatsächlich auch skeptisch. Als dann der Impfstoff da war, habe ich mich sofort impfen lassen wollen.

Ich würde niemandem den Zutritt zu meinem Haus verweigern, nur weil er nicht geimpft ist.

Im privaten Rahmen würde ich das Thema dann einfach vermeiden. Aber ich finde es mehr als okay, dass wir im öffentlichen Leben 2G und auch PLUS einführen, um die Letzten einzusammeln, die sich noch impfen lassen wollen .... warum auch immer.

Nun schaue ich, wie es hier weitergeht. Auch mit unserem riesen Haus. Mit Garten, der einer Park-anlage gleicht. Und noch Denkmalschutz, von meiner Tante damals gemacht, die sich kein Mensch freiwillig antut.

Aber mir geht es soweit gut. Nachdem ich ja zum Schluss nur noch 48 Kilogramm wog bei einer Größe von 1,76 cm, geht es mir den Umständen entspre-chend. Ganz streng hielt ich hier zum Schluss eine Er-nährung über und von Japan ein. Das tat gut, tut noch gut. Alles halbwegs in Ordnung.

Meine Tante nun dement .... aber halt vor 30 Jahren noch nicht.

Aber das kriegte ich auch einigermaßen hin. Das kostet so viel Kraft .... und auch Mut mit RA, usw.

Aber ... wir kennen uns, Sandor .... ich scheue keine Konfrontation. Man wächst halt an seinen Aufgaben. Und aufgeben ist nie mein Ding gewesen.

Beruflich sieht es bescheiden aus, um es höflich auszudrücken.

Jetzt mache ich in Haus und Co .... Wer weiß, was daraus noch wird ...

Gestern war gestern. Heute ist heute. Mich interessiert wie immer das morgen, der Morgen an sich .... was dieser so im Gepäck dabei hat .... sind wir ja auch mit für verantwortlich, können dies a bisserl steuern ....

Ganz liebe Grüße vom Niederrhein, Kerken.

GERTRUD

Ihr Lieben,

ich weiß noch, als ich Ende September 2017 **NICHT 1ne Stufe mehr gehen konnte. Ich konnte gar nicht gehen. Kaum kriechen. Ich kam frisch aus dem Krankenhaus.**

Da gehen andere hin, holen sich Hilfe von außen, wie Physio. Ich NICHT.

Ich versuchte minütlich, unermüdlich, Stufe für Stufe zu gehen. Mit Kopf, ohne Kraft im Körper. Es hat geklappt …. mit so viel Schmerzen, mit so viel Anstrengung. Da wusste ich, ich schaffe demnächst alles andere auch. Weit entfernt von Cornoa und Co.

Niemand sah, wie ich immer wieder fiel, wie so ein Krüppel. Kein Stock, keine Hilfe. Nichts. Nur selbst probiert, jeden Tag ein bißchen mehr. Ich konnte kein Bett beziehen …. nichts. Keine Katzen versorgen. NO GO. Und dann auf einmal schaffte ich es, weil ich es auch wollte. Es tat weh, tut noch weh.

Aber auch da lernte ich einmal mehr: **Hilf dir selbst, sonst kann dir auch kein anderer helfen.** Und KRÜCKEN will / wollte ich nie. Auch nicht von außen kommend. Entweder ich schaffe das oder eben nicht.

Es tat weh, allein die erste Stufe, dann wieder runter …. **Ich schrie vor Schmerzen,** meine Knochen, Gelenke konnten / wollten nicht, wie ich …. vom Kopf. Ich weinte lautlos in diverse Kissen.

Und dann, eines Tages ... jeden Tag, eine Stufe mehr. **Heute ist alles so wie immer schon.**

Eine wahnsinns Disziplin, die ich da für mich hinlegte, wo sog. Freunde mich verließen, statt zu helfen.

Und nun stehe ich da ..... einmal mehr ... **besser im Leben als je zuvor.**

So fand ich in mein eigenes Leben zurück.

Ich wollte keinen Physio um mich herum, der mich a bisserl lobt, für ne Stufe.

NE, ich übte, nachts. Nacht für Nacht, im Dunkeln, Treppauf, treppab. Am Ende eines sehr langen Tages = geschafft, ganz ALLEINE. Nur mit der Kraft durch mich selbst aus dem tiefsten Sumpf gezogen.

Eigentlich müsste ich mich mal von mir selbst erholen. Diese Zeit erlaube ich mir nicht. Ich mache weiter, immer weiter. Ich zu neugierig auf das Morgen, auf morgen generell. Meine Katzen, die Vögel, die Bäume, die Wälder, die Länder .... hallo .... die warten auf mich.

Schreiblockade auch überstanden. Geld ist noch da, bis auf 8.000 Euro. Besser als nix. Ne demente Tante am Hals, am Tropf. Meine Mutter .... ist auch okay.

Ich wander wieder durch unsere Wälder, bin an unseren Seen unterwegs, bin beweglich wie ein junger Gott, ach nein, heißt ja jetzt Göttin .... wegen gendern und so.

Man schafft so viel, wenn man will. Das lernte ich gar gerade von mir selbst. Dabei ging es mir doch immer sooooo gut, wie Ihr wisst. Na ja, auch die beste Party ist irgendwann zu Ende. Und da hilft halt keiner beim aufräumen mehr. Wie lernen bei Stufen steigen .... nur eine einzige .... bis dahin mal kommen. Und OHNE Krücken .... auch nicht von außen kommend. Muss im Kopf statt finden .... wie alles im Leben.

Nur verdiene ich wieder Geld .... ist das toll ... hier jetzt über Miet- und grundsätzliches Eigentum, und wie man zu sich selbst findet .... ganz ohne Esoterik.

Schöne Adventstage bis Weihnachten und bis darüber hinaus.

Eure GERTRUD

Liebe Gertrud,

Deine beiden Mails habe ich erhalten. Dein Anruf hatte mich gewundert, weil Du mir seinerzeit recht unwirsch zu verstehen gegeben hast, ich müsse mich für die Vermittlung an den Plimplam-Verlag bedanken. Das hole ich hiermit nach: Danke für die Vermittlung zum Plimplam-Verlag. Allerdings ist es ein Küchenverlag ohne Pep, ohne Talent und ohne Marketing. Auch eine Erfahrung, egal, es geht weiter.

An unserem Telephonat war manches gut und einiges lustig, aber auch etwas zum Ärgern. Für mich ist es ärgerlich, in einem Telephonat, bei dem ich am Anfang sage, daß die Leute alle nur noch Corona im Kopf haben und nichts anderes mehr, daß ich also in so einem Telephonat ...

... „ganz harmlos" auf das Thema Impfen gebracht werde und dann nach meinen Gründen gefragt werde, das nicht zu wollen. Das ist an sich schon übergriffig und eine Verletzung des Privatbereichs, viel mehr aber noch als erstes Thema nach zwei Jahren Sendepause.

... dann meine Gründe darlege, damit aber nicht verstanden werde, obwohl meine Gründe eigentlich fast niemanden auf der Welt überhaupt etwas angehen,

... und schließlich virologische und epidemiologische „Wahrheiten" als unumstößlich serviert bekomme, die nicht dem einfachsten Faktencheck standhalten.

14

Um das abzukürzen:

Covid-19 ist eine schlimme Krankheit, die sehr ernst genommen werden muß. Jeder muß für sich selbst genau und für die Mitmenschen verantwortungsvoll abwägen, wie er sich in dieser Lage entscheidet. Das ist eine PERSÖNLICHE Entscheidung, auch wenn sie direkte Auswirkungen auf die Gesellschaft hat.

Dabei gibt es aber keine Patentlösung und deshalb ist es sehr wichtig, daß JEDER, sei er nun vehement DAFÜR oder vehement DAGEGEN, sich impfen zu lassen, seinen Mitmenschen deren Entscheidungsfreiheit überläßt und ihre Beweggründe stehen läßt. Und zwar GERADE DANN, wenn sie einem selbst nicht gefallen.

Denn nur, wenn wir anderen Menschen die Freiheit einer MEINUNG und der Schlüsse, die sie aus den Gegebenheiten ziehen, lassen, können wir auch selbst eine eigene Meinung und eigene Beweggründe beanspruchen.

Das nennt man TOLERANZ. Sie ist die Grundlage für unsere eigene Meinungsfreiheit, für unser eigenes Recht auf Toleranz.

Liebe Gertrud, sofern Du, wie im Gespräch deutlich wurde, diese Toleranz mir gegenüber nicht aufbringen kannst, möchte ich das Thema Corona mit Dir NICHT MEHR besprechen. Das führt zu nichts, weil es Dir dabei nicht um das Kennenlernen anderer, ebenfalls berechtigter Standpunkte geht. Ich hoffe sehr, daß Du meinen Wunsch respektieren wirst.

Generell denke ich, daß die Menschen in Deutschland so sehr unter Angst gesetzt werden, daß sie nicht mehr klar denken können. Das halte ich für eine sehr gefährliche Entwicklung.

Danke und viele Grüße

Sandor

Am 06.12.2021 um 10:11 schrieb Sandor G. Lück:

Liebe Gertrud,

lieber Sandor

Deine beiden Mails habe ich erhalten. Dein Anruf hatte mich gewundert, weil Du mir seinerzeit recht unwirsch zu verstehen gegeben hast, ich müsse mich für die Vermittlung an den Pagina-Verlag bedanken. Das hole ich hiermit nach: Danke für die Vermittlung zum Pagina-Verlag. Allerdings ist es ein Küchenverlag ohne Pep, ohne Talent und ohne Marketing. Auch eine Erfahrung, egal, es geht weiter.

Es war nicht unwirsch, halt falscher Moment.

An unserem Telephonat war manches gut und einiges lustig, aber auch etwas zum Ärgern. Für mich ist es ärgerlich, in einem Telephonat, bei dem ich am Anfang sage, daß die Leute alle nur noch Corona im Kopf haben und nichts anderes mehr, daß ich also in so einem Telephonat ...

... „ganz harmlos" auf das Thema Impfen gebracht werde und dann nach meinen Gründen gefragt werde, das nicht zu wollen. Das ist an sich schon übergriffig und eine Verletzung des Privatbereichs, viel mehr aber noch als erstes Thema nach zwei Jahren Sendepause.

17

So war es doch nicht gemeint. Vor Jahren sagte ich Dir schon, grundsätzlich nicht jedes Wort auf die Goldwaage zu legen. Ich werde täglich mit etwas „überströmt" .... eine gewisse Relizienz sollte unser eins schon inne haben .... finde ich ....

... dann meine Gründe darlege, damit aber nicht verstanden werde, obwohl meine Gründe eigentlich fast niemanden auf der Welt überhaupt etwas angehen,

... und schließlich virologische und epidemiologische „Wahrheiten" als unumstößlich serviert bekomme, die nicht dem einfachsten Faktencheck standhalten.

Um das abzukürzen:

Covid-19 ist eine schlimme Krankheit, die sehr ernst genommen werden muß. Jeder muß für sich selbst genau und für die Mitmenschen verantwortungsvoll abwägen, wie er sich in dieser Lage entscheidet. Das ist eine PERSÖNLICHE Entscheidung, auch wenn sie direkte Auswirkungen auf die Gesellschaft hat.

UND ICH KONTER: Ich möchte NICHT mit Deinen Aersolen in Kontakt kommen, wenn sich dies durch eine einfache Impfung .... wie Thetanus, usw., vermeiden lässt, ließe. Ist ja auch sonst nie zur Diskussion gestellt worden.

Dabei gibt es aber keine Patentlösung und deshalb ist es sehr wichtig, daß JEDER, sei er nun vehement DAFÜR oder vehement DAGEGEN, sich impfen zu lassen, seinen Mitmenschen deren Entscheidungsfreiheit überläßt und ihre Beweggründe stehen läßt. Und zwar GERADE DANN, wenn sie einem selbst nicht gefallen.

Mir gefällt so ziemlich alles, was für und dagegen spricht. Nur geht es weltweit, nicht um die eigenen Befindlichkeiten eines einzelnen Menschen. Wärst Du , wie ich, jemals so richtig im Dschungel gewesen, da wo in Frankfurt bei Hinflug schon Impfkontrollen immer galten, bei Rückkehr erst recht .... da regt sich kein Mensch drüber auf. Das war schon immer so, sonst hätte ich gar nicht erst mitfliegen können, auf Einladung der guatalmaltekischen Botschaft in Berlin. Und sich gegen Thyus impfen lassen = aua .... das tat sehr weh, mit hohem Fieber für 2 Tage, Schüttelfrost, usw. Aber gemacht, um so den Dschungel zu überstehen ..... mittendrin, zwischen Jaguaren, Schlangen, usw. Es war mir eine Ehre. Ist es mir noch .... jetzt hier für die deutsch-sprachigen Länder.

Denn nur, wenn wir anderen Menschen die Freiheit einer MEINUNG und der Schlüsse, die sie aus den Gegebenheiten ziehen, lassen, können wir auch selbst eine eigene Meinung und eigene Beweggründe beanspruchen.

Die eigene Meinung bleibt ja auch. Auch ich empfinde eine sog. „Impflicht" als schrecklich. Aber was tun, wenn es um das Wohl aller geht?

Das nennt man TOLERANZ. Sie ist die Grundlage für unsere eigene Meinungsfreiheit, für unser eigenes Recht auf Toleranz.

Das Recht auf Toleranz bedeutet in diesem Fall: Du hast andere nicht weiter mit eigenem Risiko-Faktor weiter anzustecken. Was Du gesundheitlich machst, unterlässt = okay. Aber Du kommst in meine Wohnung ..... BEISPIEL. Ich muss dann entscheiden, ob ich das so will, für mich, für meine Angehörige, Freunde, usw. Das geht eben nicht .... momentan.

Ich respektiere Deine Entscheidung, tolerieren kann und werde ich dies nicht auf meine „Wohnstube" reduziert.

Liebe Gertrud, sofern Du, wie im Gespräch deutlich wurde, diese Toleranz mir gegenüber nicht aufbringen kannst, möchte ich das Thema Corona mit Dir NICHT MEHR besprechen. Das führt zu nichts, weil es Dir dabei nicht um das Kennenlernen anderer, ebenfalls berechtigter Standpunkte geht. Ich hoffe sehr, daß Du meinen Wunsch respektieren wirst.

Deinen Wunsch, siehe oben, respektiere ich voll und ganz.

Generell denke ich, daß die Menschen in Deutschland so sehr unter Angst gesetzt werden, daß sie nicht mehr klar denken können. Das halte ich für eine sehr gefährliche Entwicklung.

Und ich denke, Du bist irgendwie fern gelenkt .....
wurden. Warum, wieso auch immer. Aber das sollte
eine gute Freundschaft ausmachen, daran nicht zu
verzweifeln, selbst wenn Zweifel aufkommen.

Ich danke Dir, für Deine offenen Worte, die ich
sehr ernst nehme. Wie alles, was von Freunden, Kollegen kommt.

Dir und Deiner Familie eine gute, gesunde Weihnachtszeit .... und alles damit verbundene für das kommende Jahr.

Wird schon .... wir kriegen das alle, die wir da sind,
irgendwie hin.

Und Du bist bitte nicht überrascht, dass ich auch
das Boostern ohne Komplikationen schaffte, wie
Millionen andere Menschen auch.

Danke und viele Grüße <u>DITO, GERTRUD</u>

..noch ein Nachtrag, Sandor, wenn Du es bitte erlaubst:

mein langjähriger Freund und Grafiker Paul-Gerd, unterlag nun Corona, nach **7 Wochen Intensiv.**

Meine Mutter, im Januar 88 Jahre alt, meine Tante, 98 Jahre alt im Februar = beide Pflegestufe 4. Geboostert. Ohne Nebenwirkungen.

Ich selbst kaum etwas gemerkt, außer wie immer, bei allen Imfpungen, die ich bis dato startete: Arm tat weh, a bisserl Schüttelfrost, Müdigkeit. War nach rund 48 Stunden weg.

Ob es mir hilft ......ich weiß es nicht. Geschadet hat es aber auch nicht. Im Gegensatz zu Dir habe ich COPD und andere „Zipperlein."

Ich schrieb ja, wie ich wieder kämpfen musste, damals 2017, nach dem Krankenhaus, vorher zuhause nur noch gelegen .... mich selbst wieder hoch gebracht. Bei COVID sieht das schon ein bisschen anders aus.

Wie gesagt, ich war nie für eine Impfpflicht. Aber ich sah es ein, für Menschen, die darin NUR ihre eigene Persönlichkeit sehen. Und das hat nichts mit Toleranz zu tun, sondern mit reinem eigen Egoismus.

Die Impfpflicht, die hier in Deutschland nun peu á peu kommt .... kann ich mich entziehen, da ich mich schon impfen ließ, bevor es in irgendwelchen Gesetzen steht / stand. Schon allein, mir und meinen Angehörigen, Freunden, gegenüber. Auch Handwerker. Da bin ich auch rigeros: OHNE Maske, Impfnachweis, tritt niemand mehr in unser Haus. Die damit verbundene Quarantäne fiele schlimmer aus.

Scheiß Situation ..... weltweit.

ABER: meine Tiere sind / waren immer geimpft. Ich war es schon .... vor dieser Zeit mit Pandemie. Da ist / war das auch normal.

So what? Mir gehts gut .... auch nach dem boostern.

So schütze ich mich einigermaßen vor den Ungeimpften. Und das sind die wissenschaftlichen Fakten. Auf welche Du Dich auch immer beziehen magst. Das sandtest Dur mir ja nicht. Du sprachst davon ..... ich lasse mich gerne überzeugen. Zumindest besser aufklären. Her damit .... da bin ich gespannt .... ganz ohne Ironie, was Du da so hast an Unterlagen, die ich noch nicht kenne, bis dato nicht kannte.

Danke fürs lesen, bis hierhin.

GERTRUD

Zum Wochenende, liebe Freundinnen und Freunde.

Was war das für eine ereignisreiche Woche: Am Sonntag haben die Freie Demokraten, dene ich angehöre .... **passiv** .... auf dem Bundesparteitag dem Koalitionsvertrag zugestimmt, bevor er Dienstag von den drei Koalitionspartnern unterzeichnet wurde. Mittwoch wurde dann Olaf Scholz zum Bundeskanzler gewählt und das neue Kabinett vereidigt. In diesen Tagen konnten wir alle beobachten, wie friedlich und demokratisch ein Machtwechsel bei uns erfolgt. Dass das nicht selbstverständlich ist, haben wir zuletzt in so etablierten Demokratien wie den USA gesehen. Umso schöner, wie respektvoll das in unserem Land möglich ist: Da applaudiert das ganze demokratische Plenum zunächst der scheidenden Kanzlerin, bevor es dann den neuen Bundeskanzler würdigt. Das ist großartig und gilt es zu bewahren! (Die AfD blieben außen vor).

Bereits in dieser Woche gibt es ein **erstes Gesetz zur Stärkung der Impfprävention.** Aktuell sehen wir alle, dass die getroffenen Maßnahmen zur Pandemie-Eindämmung aus den vergangenen Wochen erste Wirkung zeigen. Nun gilt es, das Tempo beim Impfen weiter zu steigern und so die vierte Welle zu brechen. Dafür haben wir auch den Kreis der impfberechtigten Personen erweitert, um die Zahl der möglichen Impfungen zu erhöhen. Das Ziel bleiben 30 Millionen

24

zusätzliche Impfungen bis Weihnachten. Boostern wir uns aus der vierten Welle heraus!

Um das Ziel von 30 Millionen Impfungen bis Weihnachten zu schaffen, müsse man jetzt alles mobilisieren, machte Dr. Joachim Stamp im Bericht aus Berlin am vergangenen Sonntag klar: „Jetzt müssen wir den Bürgerinnen und Bürgern die Möglichkeit geben, dass sie auch an den Impfstoff kommen!" Dafür sollten auch Apotheken und Zahnärzte, eventuell auch Hebammen und Tierarztpraxen impfen dürfen. Ein positives Signal sei, dass die Impfbereitschaft wieder deutlich zu steigen scheine. Stamp zeigte sich zudem froh über die Einrichtung des Bund-Länder-Krisenstabes, der sich insbesondere um die Logistik kümmern soll.

Es gibt neue, geänderte Gesetze zur sog. Demonstration, **damit sich der Osten Deutschlands nicht mehr wiederholt aus den letzten Tage, der Fackelzüge .... einer SA entsprungen.**

Wers nicht glaubt, kann den AMPEL-Koalitionsvertrag nachlesen – HIER:

https://www.spd.de/koalitionsvertrag2021/

Nicht schlecht .... nicht alles ist gut. Dafür haben „wir" auch genug andere Probleme, weltweit. Dennoch, sich mal die Mühe machen, bevor wieder geschrien wird. **Es weht ein frischer Wind in und durch Berlin.** Das ist erst einmal gut, wie ich finde .....

Es geht was .... der alte Karren von vor 16 Jahren bewegt sich: mit jungen PolitkerInnen, mit Wissenschaftlern ...

Olaf Scholz wird ein Bundeskanzler sein, der nie schreit. Sein Kabinett schreit im leisen: mit jungen, jüngeren Menschen, die erstmals auch Ministerien leiten müssen .... dafür aber mit mehr Lebens-Erfahrenszeit aus ihrer eigenen NICHT Parteien, wo sie kaum bis gar nichts zu sagen hatten. Aber jeder hat ja mal bei Null angefangen. Und <u>NEU-Anfang ist doch das „Zauberwort" für Deutschland ....</u>

Geben wir der neuen Regierung eine Chance. Schwer genug ist es eh. Toll auch, dass im neuen Koalitionsvertrag steht, <u>nach spätestens 8 Jahren sollte Schluss sein, plus 1 Jahr drauf.</u>

Läuft gut, wie ich finde. JA, sie reiben sich. Das ist normal in einer „Familie." Ich bin jedoch davon überzeugt, dass Deutschland zu seinen Ursprüngen, wie Stärke und Verlässlichkeit zurück findet .... und das als nicht so „echte" Deutsche, aber als deutsche Europäerin, wie ich mich gerne (be)nenne.

Die neue Regierung wird viel schaffen, in ganz kurzer Zeit. Davon bin ich mehr als überzeugt. Auch mit Blick nach Österreich = in 4 Monaten = 3 Kanzler. Die Schweiz .... weiß so gar nicht.

Deutschland, hier **Berlin, schafft das .... erstmalig.**

Glauben wir an die Jungen, die ganz neu in ihren Ämtern erstmals sind = hier sogar mit Kompetenz.

Auf jeden Fall weg von veralteten Strukturen der CDU/CSU, die sich nur noch im ewig gestrigen eh verlor. Mit Bedenkenträgern .... statt nach vorne zu schauen.

Nun lebe ich in NRW, dem größten aller Bundesländer. Auch mit das schwierigste. THÜRINGEN finde ich toll, weil so romantisch .... von der Natur. Leider AfD und vorher schon (immer) von Nazi unterwandert. BAYERN, keinen schöneren Dialekt gibt es, dann die Seen, die Alpen .... aber stock konservativ.

Das hat ja jetzt erst mal ein Ende. Luft holen. Geht! Da bewegt sich etwas. Der interessierte politisch orientierte Mensch, merkt das .... jetzt schon.

Euch allen eine gute Zeit. Gebt der AMPEL a bisserl Zeit ... und Mut sowieso ... für uns alle.

Für friedliche Zeiten, einigermaßen, Eure

GERTRUD

Hallo Sandor,

ich kann halt nur immer spät, da ich tagsüber arbeite – auch an den Wochenenden – hier noch 2 Pflegefälle Grad 4. Nicht einfach.

Aber noch einmal möchte ich betonen, dass ich es niemanden übel nehmen, sich nicht impfen zu lassen. Heute, vor 12 Monaten, war ich mit der ersten, die sagten, wenn Impfstoff, bin ich dabei.

Bis dato ging es mir nicht schlecht damit .... außer das Übliche: ein paar Stunden tat der Arm weh, ein wenig Grippe-ähnliche-Symptome .... dann war auch das nach knapp 5 Stunden vorbei. Sonst nix gehabt, auch nicht meine Mutter, meine Tante, die auf die 100 Jahre läuft .... in ein paar Wochen.

Ich habe auch Freunde, ungeimpft. Aber sie schimpfen mich nicht als geimpfte, verstehen eh, dass ich am liebsten sowieso keinen treffen möchte.

Das finde ich ehrlich. So ehrlich, wie Du mir gegenüber warst. Wenigstens nicht gelogen. Das finde ich wirklich toll.

Der „Rest" ... haben wohl unsere beider Länder, Österreich als auch die BRD – nicht gerade mit Ruhm bekleckert.

Ich freue mich auf jeden Fall auf Mittwoch = Booster-Impfung bei mir.

Wer meint, das bringe nichts .... okay ..... ich könnte es ja lassen. Aber wenn es eh nichts bringt, kann ich es eben auch machen lassen. Der Arm .... wie immer ...

ein paar Stunden blöd. Einfach den linken Arm runter hängen lassen .... wie bei jeder anderer Impfung auch .... geht schon. Ich werde wohl auch jetzt keine sonstigen Nachwirkungen haben.

Über die Maserimpflicht regte sich auch nie jemand auf.

Jemand, der in den Dschungel fliegt, lässt sich auch impfen, weil a) aus Zwang ... sonst ginge es gar nicht oder b) aus eigenem Schutz heraus. Und das sind Nebenwirkungen, Sandor .... das weiß ich wohl besser als Du. Und – hurra – alles komplikationslos überlebt mit sog. Rma-Impfstoffen.

Was wäre erst, wenn Du Dich angesteckt hast .... ohne es zu merken ... durchaus möglich, überträgst auf Deinen liebsten Menschen, wie Sohn oder Frau.

Was dann, die das denn nicht so gut symptomfrei wegestecken wie Du .... hier über die Aerosole. Da würdest Du doch nie mehr glücklich, gerade Du, mit Deine zarten Saiten ....

Als das hier damals los ging mit Corona, überlegte ich noch, auf die Straßen zu gehen .... überall in Deutschland und auch Italien. Mittlerweile machten das ganz andere. Einige leben gar nicht mehr. Ich hatte auf einmal – zum ersten Mal in meinem Leben – SCHISS. Ich hatte einfach Angst, ich mit etwas anzustecken, was wir alle bis dato gar nicht – bis kaum – kannten.

Jetzt habe ich keinen Bildband, bin aber wohlauf .... Selbst Isolation. Mit Freunden, Familie .... alles via Skype. Geht auch. Oder draußen treffen. Eine tolle

Möglichkeit. Wir hier im Rheinland sind da eh recht erfinderisch mit viel Humor. Geht alles.

Also. Nichts für ungut.

Bleibe Du und Deine Familie gesund, egal ob mit oder ohne Impfung. Es kommt von Herzen, Sandor.

Eine gute und schöne Zeit,

GERTRUD

... allen Unkenrufe zum Trotz:

Mittwoch habe ich BOOSTER, wie schon meine alte Mutter, und meine noch ältere Tante mit knapp 100 bereits hinter sich haben.

Geht jetzt so mal raus, an alle.

Ich freue mich aufs impfen, auf a bisserl aua Arm, links. Einfach runter hängen lassen ... geht schon.

Ich werde es wohl auch zum 3. Mal überleben.

Gegen Impfgegner habe ich nichts.

Ich habe jedoch etwas dagegen, dass mich ungeimpfte Menschen mit ihren Aerosolen behelligen, gar anstecken .... können und irgendwann auch werden.

Das empfinde ich als gewollte Körperverletzung.

Auch als geimpfte Person kann / werde ich Überträgerin sein, sein können. Aber mit der Absicht, alles andere ... so weit es ging ... von anderen abzuhalten. Der „Rest" gegen Impfpflicht .... ist für mich Bull-Shit. Eine Pflicht sollte es sein, sich vor / für andere zu schützen. Auch ohne Regierungen, welcher Art auch immer.

Nun muss ich sagen, ich bin ein Feigling. **Lieber ein lebendiger Feigling, als ein toter Held.**

Ich kannte damals den Impfstoff auch nicht. Ist aber ein ganz normaler Rma-Imfpstoff, der auch bei Masern angewendet wird. Aber lieber so, als ich ungeimpft jemanden – schrecklich – anstecke.

Und sollte es mich doch erwischen, wissen die Intensiv-Ärzte ...... weltweit .... dass ich geimpft bin / wurde.

Wer diese Resilienz, Anpassungsfähigkeit für sich nicht hat ... kam / kommt nicht weiter durchs eigene Leben auf Dauer.

Dieses Drama ums impfen .... gab es noch nie bei Thetanus, bei .... ich weiß nicht was ... Aber nun .... <u>hauptsache dagegen.</u>

Selbst in den dümmsten Köpfen muss es doch klar sein, dass die Menschen, die da auf Intensiv auf dem Bauch liegen, KEINE Fake-News sind ... bis es einem selbst passiert .... von Menschen, die gegen den echt harmlosen Pieks sind.

Ich habe sog. Freunde mit dieser an Covid Scheiße verloren.

Ich habe mich immer für Impfung erklärt ..... aber wehe, ich sage etwas FÜR impfen. Was für eine Arroganz, Ignoranz, die mir entgegen schlägt. Ich MUSS, SOLL tolerieren, dass sich so mancher kluger Kopf nicht impfen lässt / ließ.

Wer toleriert mich, die ich schon letztes Jahr sagte, wenn Impfstoff ...... bin sofort dabei. Welche Hiobsbotschaften ich erhielt: GERTRUD, tue es NIE.

Ich tat es .... OHNE Mut. Ganz einfach meinem Verstand folgend, um mich allein vor anderen Menschen zu schützen. Hat ganz gut geklappt, nebst Isolation, Abstand, Hände desinfizieren, usw. In unserem Haus, Tag und Nacht .... Fenster auf. Unsere syrischen Mitbewohner haben das besser verstanden, als so mancher Deutsch-Deutscher.

Das, was jeder Arzt, Chirurg für sich macht.

Dass, mit der Maske, halte ich eh ein .... auch nach der Pandemie. Finde ich gut. Schützt. Und endlich kein Hände schütteln mehr. Fand ich eh schon immer eklig .... gerade bei Männern. Gerade noch gepinkelt, schon „schaukelt" dieser dir seine Hand. Ich lernte auf meinen ganzen Reisen, sich höflich zu verneigen. Das ist ganz wunderbar.

Schaun wir mal, wie uns was noch weiter auseinander treibt ... oder zusammen bringt.

Bis dato schaute ich nur auf mich. Vögeln, bumsen, SEX .... kein Problem .... ob mit oder ohne Verhütung ... mein Vergnügen, wie wir alle wissen. Hätte ich HIV, gar AIDS .... würde jeder schreien und sagen .... da MUSST Du Verantwortung tragen. Hier geht es um mehr .... gerade in der bornierten Spießergesellschafft. Mal endlich mehr tun ... nun jeder für sich selbst .... gegenüber anderen. Denn das hier, geht nicht über Sex, hier geht es über AEROSOLE, „Tröppe für Tröppe" ... wie der Niederrheiner sagt, bis einige Stunden danach, wenn Du, als Infizierter, ohne es zu merken, längst weg bist.

Ich habe mein MRT am diesen Donnerstag abgesagt. Weiß ich denn, wer vorher in der engen Kabine des Umziehens, des ausziehens drin war?

Da gibt es KEIN Fenster zum lüften. Im Raum des MRT auch nicht.

Ich kann mich gerade noch bedanken. Habe ich auf Anfang Februar verschoben, obwohl sich 2 Halswirbel in meinen Kehlkopf schieben. Egal. Hauptsache KEINE Ansteckung mit COVID und Konsorten.

Alles andere stelle ich zurück .... mit Rücksicht auf mich selbst, auf Menschen, die ungeimpft durch die Gegend laufen .... mich eventuell anstecken. Das ist Russisches Roulette ..... Da habe ich KEINEN Bock drauf.

Ihr, meine Freunde, wisst das.

Ich bin froh, dass es Euch gut geht ..... trotz Long-Covid. Weiß ich ja alles. Mit 49 Jahren liegt da jetzt ne Freundin in der Reha ... für die nächsten 4 bis 6 Monate .... selbst Intensiv-Schwester gewesen. Wollte sich nicht impfen lassen. Vorwürfe? Nein!

2 Freunde = tot, weil, sie wollten keine Impfung. Hatten KEINE Vorerkrankungen, NIE geraucht. Nix, einfach so.

Und nicht MIT Covid gestorben, sondern DURCH COVID. So viele Beerdigungen kriege ich nicht mehr hin. Weil auch verbrannt, eben weil COVID gefährlicher Leichnam. Und unsere Friedhöfe haben keinen Platz mehr.

Ja, das muss man mal mitgemacht haben. Jeder so für sich auf seinem eigenen – noch – Ruhe-Kissen. Scheiße ist das. Wie jüngst mein langer, guter Freund Hans, Grafik-Designer. Wollte auch nicht. Als dann doch, war es zu spät. Nun stehen da 2 Kinder, 14 und 16 Jahre alt. „Papa wollte sich nicht impfen lassen." KEINE Chance. (Die Mutter starb vor 6 Jahren an Brustkrebs), ... anderes Thema.

Und mit Impfung? Er wäre am Leben gewesen .... gar nicht erst diese wochenlangen Beatmungs-geräte. Das brachte ihm den Tod.

Meine eigene ZÄ hat Long-Covid ... seit Dezember letzten Jahres. Da gab es noch keine Impfung.

Als es diese gab, impfte sie sich selbst. Die Folgen .... dennoch .... ganz schwer.

Hätten wir alle die Pocken im Gesicht stehen .... sähe das anders aus .... mit dem impfen.

Es kann, darf doch nicht so schwer sein, wenn ich das überstehe, nebst Milliarden von anderen Menschen ..... GEHT DOCH.

Ich verstehe diese Hysterie so grundsätzlich contra sein .... nicht mehr.

Nun lasse ich mehr impfen .... weniger für mich selbst, sondern aus Angst für die Doofen da draußen .... die sich in ihrer eigenen Freiheit und sonst etwas „gefangen" sehen. Aber sonst immer mit der Schnauze vorne ran ....

Jemals einer von Euch, in tiefsten Dschungel auf diesem Planeten eingetaucht? Wer hat jemals von Euch Vogelspinnen auf seinem Arm herum laufen lassen? Oder ich, mit jeglicher Phobie vor Gewrüm, gar Giftstschlangen ... ? Habe ich alles gesehen, erlebt, weil ich es vor einzelnen, sog. induviduellen Pressereisen unterschreiben musste, inkl. Impfpflicht .... sollte mir etwas passieren, usw.

Ne. Da waren Imfpungen eh Pflicht gewesen, schon um allein sog. Ureinwohnern nichts von uns einzuschleppen. Da wurde ich so etwas auf Herz und Nieren geprüft .... sagenhaft. Da hatte ich kaum noch Lust, wohin zu fliegen. Wenn man das aber mal hinter sich gebracht hat ... haste die halbe Reise schon gut gemacht .... rein von zu Hause her. Mit all den Impfungen.

Die schlimmste Impfung meines Lebens war gegen TOLLWUT. Aua, aua ... da lag ich 3 Tage mit im Krankenhaus. Ich dachte, mache ich alleine zu Hause. NO,no Go. Je nach welchem Gebiet du fährst, fliegst .... MUSST du das haben ..... um einreisen zu können / zu dürfen. **HÖLLE .... NIE WIEDER** sage ich hier jedem. Aber ich war damals mit / für GEO unterwegs, als Fotografin. Fand ich spannend. Aber das DAVOR ..... ich dachte schon, schaffe ich bis zur Abreise gar nicht. Aber ich wollte Menschen / Völker sehen, an denen man so „normal" nicht ran kommt. Und gleichzeitig musste ich mich schützen ... aber auch die Ur-Einwohner. Ich war echt krank vorher. Und noch kränker kam ich zurück .... wir nennen es mal DENGUE-Fieber.

Da lag ich hier, anschl. auch im Krankenhaus. Es war es mir bis heute wert.

Dafür habe ich etwas erlebt .... das macht man nicht einfach so vom Sofa vorm TV mit.

Ich habe eine unglaubliche Resistenz gegen alles und jeden .... weil ich mich zu schützen wusste und auch machen musste.

Eine hohe Toleranz anderen gegenüber .... mir zuerst .... dann den anderen gegenüber.

Steht nicht auf meinen Internetseiten .... weil mit allen Rechten, usw. verkauft.

Dafür erlebte ich etwas ..... das ist kaum zu glauben. Fern ab jeglicher Zivilisation .... machte mir nix ... mehr aus .... irgendwann.

Ich fand das toll, wie diese Menschen mit allem umgehen: Vom sog. Huhn .... war es ein Hühnchen ... es war auf jeden Fall ein Federvieh. Es wird zu allem gebraucht, von den Füßen, die Zunge, das Federkleid. Das macht sooo unendlich demütig, ... wie ich auch in Guatemala empfand.

Da kommste zurück .... mit zig Stunden Flug ... wieder in Europa = hier Flughafen Madrid. Wahnsinn. So eine Hektik, so viel Konsum. So viel Krach, Stress.

Ich bin kein Verfechter .... von nichts. Aber ich lernte für mich, vor mir mehr Verantwortung zu tragen, somit auch vor- und für andere.

Ich fuhr hier meine Presseagentur a bisserl runter .... wurde auch noch sehr, sehr krank, wie wir alle wissen.

Tja ... auf einmal sind sie weg .... die sog. „tolle" Freunde. Freunde habe ich nach wie vor. Nur nicht mehr so „tolle."

Ich begreife das nicht mehr. Was hier so los ist. Ist mir zu hoch ... geworden ...

Bin ich bestimmt, wie sooft meiner Zeit mal wieder voraus. Was auch immer. War aber auch immer schon so.

Nun laufe ich mit meinen Katzen durch Wald und Flur .... ist doch was. Wald sehen, riechen, genau hinsehen. Und das mit Tieren, hier auch noch Katzen. Aber das machte ich immer schon ..... seit frühester Kindheit wurde ich mit Katzen groß .... das ging immer.

Ich lernte im Mittlemeer schwimmen = ohne Ring, Helferlein. Meine Eltern gingen mit mir ins Meer .... SCHWIMM, GERTRUD. Und ich konnte es.

In Deutschland wurde ich gegen Kinderlähmung geimpft. Da gab es KEINE Argumente dagegen. Wurde gemacht.

Ich wurde sehr früh gegen Masern und Windpocken geimpft. So einfach war das. In Ligurien wurde mir auf einem offenen Hof, einfach mal so, ein Zahn gezogen. Das tat nicht weh .... **es wurde halt nie Palaver um etwas gemacht.** Und flog ich mal runter von nem Feigenbaum .... ja, da war wohl der Arm verstaucht. Da wurde nix geröngt. Meine Eltern standen auf dem Standpunkt, wer hoch kommt, kommt auch runter. Das gibt Selbstvertrauen ..... bis zum Ende Deiner Tage. Tage danach wurde gefragt ... tut etwas weh? NO, Mamima, es tut nicht weh. Küsschen überall. Das wars.

Und heute der Palaver ......in deutsch-sprachigen Länder .... Da habe ich kaum bis gar kein Verständnis für. Und das mit dem Impfen ..... meine Güte. Als ginge es darum, Dich so peu á peu zu ermorden ...... Unglaublich. Da möchte man kein Kind mehr derer Erwachsenen sein .... so etwas von Helikopter.

ja, ich könnte ne Biografie schreiben. Aber wen interessiert es ... ? Mich am aller wenigsten.

Ich wäre schon froh, gar glücklich, wenn ich es endlich wieder bis nach uns zuause, nach Ligurien schaffe. Da wartet ne Wohnung auf mich, das mir so geliebte Mittelmeer.

Vielleicht geht es ja, jetzt, nach Booster-Impfung ....
im Frühjahr 2022. Denn das hier, bornierte
Deutschland, mochte ich noch nie. Und ich schwor
mir und meinen Eltern, wenn ich sterbe ..... egal wie ....
dann bitte DA. Genau DA ... in SAN
BARTOLOMEO, da wurde ich geboren, wurde ich
groß bis zu meinem 15. Lebensjahr.

Na ja .... war viel Bla-Bla. Aber so muss ich nicht
auf jeden einzeln eingehen, zumal diese Mail auch
automatisch – wie auch immer – ins italienische, ins
französiche und englische übersetzt wird.

Ich freue mich, dass ich auf einmal ganz andere
Freunde habe. Weg von den Feten damals. Auf einmal
sind da Menschen, die ich auch so nie ganz auf dem
eigenen Schirm hatte, vor lauter Party und frohes
dahin leben und so. Mit genug Kohle, eigenem Marketing, usw.

Das ist Schnee .... den gibt es noch gar nicht.

Vielleicht ringe ich ich doch noch zum PODCAST
auf. Aber NEIN, momentan ..... ich will noch nicht.
Überzeugt mich, dann mache ich das vielleicht mit
Dir, oder mit Dir oder doch lieber – wenn schon – mit
Dir. KEINE Namen. Jeder weiß, wen ich gerade
anspreche.

Eure GERTRUD

Liebe Gertrud,

nach den neuerlichen drei Mails habe ich jetzt wirklich genug.

Bitte schreibe mir nicht mehr und rufe mich auch nicht mehr an, solange Du dieses Thema dermaßen hysterisch behandelst. Ich möchte das nicht mehr.

Viele Grüße

Sandor